I0622319

Ce que l'on divulgue

A.M. Matte

ISBN: 0992136512
ISBN-13: 978-0-9921365-1-2

Pour Lianne, ma soeur,
et
Pour Grand-Maman

TABLE DES MATIÈRES

REMERCIEMENTS

Ce recueil n'aurait jamais vu le jour si ce n'était de l'appui et de l'entrain de ma famille : Rohan, Jason, Alexandre, Lianne, Magali, Katia, Maman, Papa et Grand-Maman.

Merci à Alexandre Matte, Lianne Pelletier et Gina Létourneau pour leurs révisions, et à Maria Buscemi pour le design de la page couverture de ce recueil.

Merci à Marguerite Andersen et à la revue littéraire *Virages* pour l'appui à la nouvelle provenant de la francophonie mondiale.

Enfin, merci à Paul Savoie pour ses conseils judicieux, son encouragement et le mot qu'il a préparé pour présenter *Ce que l'on divulgue*.

SECRETS

Le pyjama de Doréna laissait à peine deviner ses rondeurs qui se cachaient sous les plis de flanelle. Contrairement à son amie, Naïa n'avait pas opté pour le confort et avait amassé son argent pour se vêtir d'un *baby-doll* en satinette — choix qu'elle regrettait ce soir ; sa carrure dégingandée n'en était qu'accentuée. Elle aurait de loin préféré être couverte de flanelle et voir la splendeur de son amie dans une tenue de nuit révélatrice. Quoique, même emmitouflée, Doréna demeurait sexy.

C'était la première fois qu'elle invitait Naïa à coucher chez elle. La mère de Doréna, adjointe d'un diplomate, déplaçait sa famille souvent. Ainsi, il était rare que Doréna noue des amitiés solides assez rapidement pour justifier une invitation à passer une nuit de fin de semaine chez elle. Mais Naïa avait percé son armure dès leur rencontre à proximité de leurs casiers, à l'école, en lui signalant qu'elles lisaient toutes deux le dernier roman de Daniel Pennac.

Ravie de trouver une âme sœur si tôt dans sa nouvelle école, Doréna raconta, le visage animé, qu'elle espérait un jour pouvoir écrire comme son auteur préféré. Naïa, plongée dans les yeux pétillants de la nouvelle venue, décida de s'en faire une amie pour la vie.

Doréna était tout ce que Naïa n'était pas. Grande sans être imposante, Doréna avait des cheveux noirs lisses et soyeux qui dépassaient ses épaules. Sa douce peau brune pouvait se parer de la mode dernier cri, mais Doréna se contentait de porter jeans et t-shirts qui, Naïa ne manquait pas de le remarquer, lui moulaient les fesses et les seins.

Mieux que tout cela, cependant, était son odeur. Longtemps, Naïa avait tenté d'identifier son parfum, sans être satisfaite.

Lorsqu'enfin elle posa la question à son amie, Doréna lui révéla qu'elle n'en portait jamais et que ce que Naïa sentait était en fait son shampoing à l'arôme de citron et de gingembre. Plus tard, au coucher, Naïa, bien blottie aux côtés de son amie, humera ce même parfum imprégné dans les oreillers du lit double de Doréna.

Une voix chaude, bien que ni particulièrement mélodieuse ni gracieuse, ramena Naïa au moment présent.

— Tu crois que Pit me demandera à danser ?

Pit, c'était le nom de code de Frédéric Beauchamp. Même si Naïa trouvait cela un peu banal, c'était tout de même mieux que d'entendre Doréna répéter « l'amour de ma vie » à chaque fois qu'elle discutait du garçon — ce qu'elle faisait à longueur de journée. Ne voulant pas se faire surprendre, Doréna avait choisi ce sobriquet secret pour pouvoir parler de Frédéric autant qu'elle le voulait sans être découverte. Naïa jouait le jeu et jamais le nom de Frédéric n'échappa ses lèvres.

— C'est possible, répondit Naïa. Mais, au pire, si tu tiens vraiment à danser avec lui, tu pourrais le lui demander.

— Oh, jamais je n'en aurais le courage ! Heureusement que tu seras là avec moi.

En temps ordinaire, Naïa ne serait pas allée à la danse — elle avait évité toutes celles de l'année précédente, mais Doréna tenait pour acquis que Naïa serait à ses côtés la semaine suivante. Elle voulait pouvoir partager sa joie avec quelqu'un, si jamais elle dansait avec Pit.

Naïa voulait détester Frédéric, Pit, qu'elle considérait un peu son rival. Elle lui enviait l'amour que lui portait Doréna. Pourtant, Frédéric méritait bien l'admiration de son amie. Conventionnellement beau, Pit était sympathique avec tout le monde, ne s'en tenant pas aux cliques définies de leur école. Si Naïa avait à tolérer qu'un garçon devienne le copain de son amie, son choix coïncidait avec celui de Doréna. En fait, Naïa avait même songé à servir d'intermédiaire entre Pit et Doréna. Ainsi, si Pit tombait amoureux de Doréna, Naïa deviendrait sans doute l'héroïne de son amie.

Les deux jeunes filles avaient passé la majorité de la soirée à décider de la tenue que porterait Doréna à la danse. À chaque robe qu'elle enfilait, Doréna racontait où elle l'avait achetée, où elle l'avait déjà portée. Naïa écoutait avec ravissement.

Doréna ne s'était jamais autant révélée à une amie auparavant. Elle avait raconté à Naïa que sa mère avait voulu la nommer Coquelicot, car cela lui semblait un nom romantique, destiné à une vie spectaculaire. Mais son père et sa grand-mère avaient opposé leur veto. Doréna confia qu'en privé, elle et sa mère s'appelaient Cocot et Coquelicot — un petit secret entre filles.

Naïa rêvait de pouvoir partager une telle intimité avec Doréna. Elle ne pouvait éviter de remarquer que Doréna avait deux personnes dans sa vie qui portaient des noms secrets, et Naïa n'était pas une de celles-ci.

En fait, Naïa n'avait eu qu'un sobriquet dans sa vie et ce n'en était pas un inspiré par l'amour. Grande pour son âge à l'école élémentaire, Naïa portait, l'hiver, un manteau jaune que ses parents refusaient de remplacer. Par conséquent, ses camarades l'avaient surnommée Girafe. Cela lui avait pris plusieurs longues années et un nouveau manteau d'hiver noir et neutre pour se défaire de ce surnom détesté. C'est pourquoi elle avait décidé, une fois arrivée à l'école secondaire, qu'elle tenterait de passer inaperçue. Naïa voulait à tout prix éviter de se faire étiqueter ou, à tout le moins, s'endurcir contre les mauvaises langues.

Doréna l'avait sauvée de toutes ces inquiétudes. Grâce à son amitié, Naïa se sentait investie d'une puissance intérieure qu'elle ne se connaissait pas.

N'était-elle pas en *baby-doll* ?

— Tu as songé… commença Naïa.

— Quoi ?

— Peut-être que Pit pourrait vouloir t'embrasser si jamais vous dansiez ensemble ?

Doréna poussa un petit cri excité.

— Tu penses ?

Naïa haussa les épaules. Elle avait une raison bien précise de poser cette question à son amie.

— C'est possible.

Naïa rougit en poursuivant son stratagème :

— Qu'est-ce qui arrive si je rencontre quelqu'un d'intéressant à la danse ? Dommage qu'on ne puisse pas se pratiquer, avant, au cas où…

Doréna fixa son amie.

— Et pourquoi pas ?

Doréna s'approcha de Naïa et son souffle effleura la joue droite de son amie. Elle se plaça carrément en face de Naïa et sourit.

— Tu es prête ?

Naïa osait à peine respirer. Elle hocha la tête.

— Tu fermes les yeux et tu lèves le visage, un peu.

Doréna se ravisa.

— S'il est plus grand que toi. Mais s'il est plus petit, tu te penches vers lui. C'est simple. Comme dans les films.

Doréna marqua une pause et humecta ses lèvres avant de continuer.

— Ensuite, tu touches ses lèvres avec les tiennes, tout doucement, avant d'appliquer plus de pression…

Naïa cessa de respirer et une explosion surgit dans ses oreilles alors que ses lèvres rencontrèrent celles de sa bien-aimée. Son ventre fit des culbutes et ses orteils se recroquevillèrent. Le tout ne dura qu'une seconde, mais c'était une seconde dont elle se souviendrait, elle s'en fit la promesse. Elle savourerait ce baiser secret dans ses pensées pour le reste de ses jours.

Naïa avait toujours les yeux fermés.

— Ça va ? s'enquit Doréna.

Naïa rougit de plus belle.

— C'était mon premier baiser, avoua-t-elle en ouvrant les yeux.

Doréna sourit et pencha la tête.

— Moi aussi, et puis ? Ne t'inquiète pas, ça ne compte pas.

Mais Naïa ne s'inquiétait pas du tout. Car, au contraire, ça comptait. Beaucoup.

Secrets *a d'abord paru*
dans la 54e édition de la revue Virages.

SUR LE SEUIL

L'énormité de la chose l'exaltait plutôt que de peser sur lui. La chose en question était sa nouvelle-née.

Idris était venue au monde seize jours avant et avait basculé sa vie. À quarante-deux ans, il n'avait jamais changé les couches d'un bébé, mais son hésitation première avait été remplacée par un désir de couver sa fillette coûte que coûte et une prouesse sur la table à langer que son épouse fut étonnée et ravie de découvrir. Nouvelle maman débordée par les émotions, le rétablissement et le manque de sommeil, elle était heureuse de laisser à son mari le soin de cette tâche.

Il n'avait même pas eu la chance de tenter cet exploit avec ses neveux et ses nièces. Ses sœurs — toujours très occupées — n'avaient jamais profité de la présence de leur frère aîné dans leurs chez-soi respectifs pour lui reléguer les tâches moins désirables. Vieux garçon, il se contentait donc d'être mononcle gâteau, malgré son désir le plus cher d'avoir sa propre famille.

Il s'était concentré sur sa carrière d'architecte et avait quasiment abandonné l'espoir de rencontrer une femme avec qui faire sa vie lorsqu'il rencontra Magali, architecte elle aussi, à l'occasion d'un congrès sur l'architecture et le développement durable. Il avait trouvé Magali à son goût et l'avait courtisée en vrai gentleman. Ses efforts furent récompensés et il tenait dans ses bras la preuve ultime de la viabilité de leur couple et de leur amour.

Idris le comblait. Petit garçon, les adultes lui avaient semblé insoucieux de comprendre les enfants, incapables d'être à l'écoute de leurs sentiments, leurs frustrations, leurs désirs. Très jeune, il s'était promis que lorsqu'il deviendrait papa, il serait le seul à vraiment pouvoir comprendre ses enfants.

Il allait pouvoir garder sa promesse : déjà, avec ses nièces surtout, il prenait la peine d'écouter tous leurs propos, de jouer avec elles selon les histoires qu'elles contaient, chose que ses sœurs ne faisaient que rarement. Ses nièces l'avaient même surnommé « Princesse » puisqu'il était le meilleur à hurler au secours du haut de sa citadelle afin que le prince charmant accoure. Avec Idris, il inverserait les rôles et chercherait toujours à être son secoureur.

La sonnette de la porte retentit et il sursauta. Il n'avait pas remarqué le silence qui régnait dans la maisonnée — Magali qui se reposait dans la grande chambre et Idris qui somnolait avec contentement dans ses bras. Il se dirigea lentement vers le vestibule où il parvint à entrouvrir la porte sans heurter Idris. Il s'attendait à un marchand ou à un enfant du voisinage cherchant à lui vendre des tablettes de chocolat ; c'était plutôt une femme d'un certain âge, aussi grande que lui, mais à la tête baissée.

— Oui ? demanda-t-il, un peu vite, question d'en finir.

La femme leva les yeux, puis sursauta à son tour.

— Un p'tit-enfant !

— Oui ? insista-t-il.

Il fronça les sourcils et serra sa fillette un peu plus près de sa poitrine.

— Je m'attendais pas à voir un p'tit-enfant, chuchota la femme. Quoique j'arais dû y penser…

Elle esquiva un sourire et leva les yeux sur lui. Il n'aimait pas la façon dont elle le regardait, comme si elle essayait de pénétrer ses yeux noirs avec les siens. Il était mal à l'aise et choisit de mettre fin à l'entretien.

— Je suis désolé, madame, mais tel que vous pouvez constater, je suis occupé. Je n'ai pas le temps de…

— Mais j'vends rien ! C'est juste que…

— On a déjà donné, répondit-il, en tentant de refermer la porte.

— Chus ta mère ! lança la femme, soudainement essoufflée. Chus juste ta mère…

Hébété, il demeura sur place, fixant la femme, observant d'un œil neuf son teint

olivâtre, son nez élancé, ses yeux en amande.
Comme lui.

Ses parents ne lui avaient pas caché qu'il
avait été adopté. Et il n'avait manqué ni
d'attention ni d'amour. Même pas lorsque, à
peine quelques mois après son adoption
officielle, ils apprirent la venue surprise de ses
sœurs jumelles après dix ans d'infertilité. Il
avait grandi choyé et heureux, n'ayant jamais
ressenti le désir de partir à la recherche de ses
géniteurs. Aujourd'hui Idris et Magali
complétaient sa famille et il n'avait aucune
envie d'y ajouter une mère, belle-mère, grand-
mère, inconnue.

La femme se racla la gorge.

— Pis tu m'as compris, là ?

Il hocha la tête, incapable d'en dire plus.
Cette visite impromptue le bouleversait. Après
tout, si elle disait vrai, cette femme, n'était-elle
pas celle qui l'avait abandonné il y a plus de
quarante ans ? Que lui devait-il, sauf la vie ?
Non, pas sa *vie* ; sa vie, il l'avait construite lui-
même. Cette femme l'avait mis au monde,
point à la ligne. Que faisait-elle au seuil de sa
porte, comment l'avait-elle trouvé, pourquoi
l'avait-elle cherché ?

Idris poussa un petit cri ; elle se réveillait. Il blottit sa fillette dans le creux de son épaule et retrouva la voix.

— Non, dit-il simplement.

— Mais…

La femme s'approcha, les yeux pleins de larmes.

— Non, répéta-t-il. Pas maintenant. Pas aujourd'hui.

Il évita le regard de cette femme dont il n'avait aucun souvenir.

— Pas comme ça.

Il tenta de refermer la porte mais elle l'en empêcha. Idris pleurnichait, cherchant le sein de sa mère.

— C'est juste que… Chus pas venue juste de même. Il faut que j'te dise queq' chose de ben important. Pas juste pour toé, mais pour le p'tit aussi.

Il hésita, serra Idris encore plus près de sa poitrine, lui susurra à l'oreille afin de la calmer, scruta la femme et resta sans dire un mot.

— J'voulais pas juste l'annoncer de même, mais c'est important.

Les mains tremblotantes de la femme tortillaient le pan de son manteau.

— Je l'savais pas que c'était dans famille quand je t'ai fait adopter. Mais on vient de me dire ça, là, pis j'ai jamais eu d'autres enfants. Je trouvais ça ben important de te trouver...

Inquiet et sceptique, il s'impatienta.

— Quoi donc ?

— C'est la maladie de Huntington. On vient de me dire que je l'ai, dit-elle, la voix éraillée. Que ça court dans famille. J'arais pas osé venir te voir si c'était pas d'ça. J'arais pas voulu déranger. Ça fait que... Pis je voulais pas juste te dire ça de même, mais tu m'as pas vraiment donné le choix, han ? finit-elle en un gémissement.

Un voile noir sembla lui envelopper la tête. Le souffle coupé, il tenta tout de même de demeurer calme. Il n'était pas familier avec le Huntington, mais il savait que c'était dégénératif et héréditaire. Idris lui semblait soudainement plus lourde. Si c'était vrai ? S'il était porteur de cette maladie ? S'il l'avait transmise à Idris ? Si seulement la femme qui l'avait mis au monde avait pu l'avertir avant... Il aurait pu subir des tests de dépistage et s'empêcher d'avoir des enfants, il aurait pu demeurer célibataire et taire ses rêves, il aurait pu… Il en voulait à cette femme, qui venait souiller sa joie.

— Ah...

Son *ah* était lourd et vide de sens. Il voulait tout dire, n'avait rien à dire, ne savait que dire. Il voulait Magali. Elle parvenait toujours à remettre de l'ordre dans ses idées. Mais comment lui expliquer tout ce qui s'était déroulé dans ces cinq minutes ? Elle ne lui permettrait pas de pensées sinistres, ne chercherait qu'à l'apaiser et le rassurer. Elle ne consentirait pas à ce qu'un spectre envahisse sa maison. Elle irait au fond de la chose et rencontrerait la vie de face.

Encore fallait-il tout lui dire.

— Ce serait mieux si vous quittiez, maintenant, dit-il.

— Mais... Peut-être que je vas r'venir une autre fois ?

Il ne dit mot.

La femme qui était sa mère repartit à pas incertains.

Soudain, il s'élança dehors et courut retrouver la femme, s'exclamant, la voix rauque :

— Demain ! Revenez demain.

Elle laissa échapper un soupir surpris et soulagé et lui tapota le bras d'une main frêle.

— Merci. Ça me ferait ben du bien. Merci, répéta-t-elle.

— Vous avez besoin de quelque chose, entre-temps ? demanda-t-il, stupéfait de son offre.

— Non, non, t'es fin, mais j'ai pas besoin de rien. Juste de te voir pis te parler. Demain. C'est correct. J'ai juste besoin de demain.

Il la regarda partir, comprit ce qu'il venait d'entendre. Lui aussi avait besoin de demain, de tous ses demains.

Sur le seuil *a d'abord paru dans la 57e édition de la revue* Virages.

FOUDROIEMENT

Viviane court le long de la rue Dalhousie, ne prêtant aucune attention à ses talons hauts qui, à tout moment, pourraient abandonner partie et se cramponner à une fissure de trottoir ou un trou d'aération de bouche d'égout.

C'est justement avec dégoût qu'elle court, comme si elle pouvait se distancer de ce qu'elle vient d'apprendre. De ce qu'elle veut oublier.

Elle avait trouvé chanceux, au début, qu'elle et Michel aient tant d'intérêts et de valeurs en commun. Elle avait trouvé que la nature apaisante de Michel complétait bien la sienne, agitée. Elle avait trouvé mignon qu'ils partagent les mêmes manies et soient tous les deux allergiques aux œufs. Ça avait cimenté leur relation. Viviane était à l'aise avec Michel dès le début, comme s'ils étaient destinés à se rencontrer, à faire leur vie ensemble. C'est sans hésitation qu'elle l'avait suivi chez lui la nuit de leur troisième sortie. Elle voulait passer le reste de sa vie avec lui.

Maintenant, ces restes, ces lambeaux de vie heureuse lui avaient été arrachés. Elle en frissonnerait d'horreur, si elle se permettait de ralentir son élan, de songer à quoi que ce soit d'autre que la sensation rugissante de manquer d'air dans ses poumons.

Viviane courrait jusqu'à ce qu'elle s'effondre. Elle courrait jusqu'à ce qu'elle puisse éradiquer la vérité de sa mémoire, effacer les derniers mois de son existence, exorciser Michel de sa vie. Elle courrait jusqu'à ce que Dalhousie rencontre l'avenue King Edward et devienne le pont Macdonald-Cartier, où elle changerait de cap et courrait droit dans les eaux de la rivière des Outaouais.

Viviane venait de présenter Michel à sa mère lors d'un agréable souper de famille.

Viviane avait préparé la lasagne ; sa mère, le dessert. Ils avaient parlé de tout et de rien. Et même si sa mère ait eu de la peine à cacher son inconfort lorsque Michel racontait ce que c'était d'avoir été élevé par deux femmes, elle était demeurée courtoise et aimable tout au long de la soirée. Cependant, quelque chose la tracassait. Viviane s'enquit une fois Michel retourné chez lui, alors que les deux femmes s'affairaient à la vaisselle du repas qu'elles venaient de partager.

— Qu'est-ce qu'il y a, Maman ? Tu ne l'as pas aimé ?

— Ce n'est pas ça, c'est juste que... Ah, je ne sais pas comment te dire ça...

— Tu n'es pas homophobe, tout d'un coup ?

— Quoi ? Ah, les deux mamans. Non, pas du tout. Sauf que...

Viviane sourit et secoua la tête avant de prendre dans son essuie-tout l'assiette que lui tendait distraitement sa mère.

— Quoi, alors ?

Sa mère pendit la tête et s'appuya les mains sur le comptoir. Viviane s'inquiéta.

— Quoi ?

— J'aimais éperdument ton père.

— ...Oui, et ?

— Et il voulait vraiment un enfant.

Viviane sourit à nouveau.

— Oui, il me l'a souvent répété.

— Mais... ça n'a pas adonné tout de suite, disons.

— Je sais, vous avez essayé quelques années avant de m'avoir.

— Oui. Mais ce n'était pas sans aide.

— Qu'est-ce que tu veux dire "pas sans aide" ?

— J'avais peur de ne pas pouvoir être enceinte. Alors j'ai passé des tests. Ce n'était pas moi. Je n'ai jamais osé en parler à ton père. Alors... Alors je t'ai eu d'une autre façon.

Viviane sursauta.

— Tu as triché sur Papa ?

— Jamais ! Je n'aurais jamais fait ça. Pas vraiment. C'est juste que, je suis allée à une clinique et je me suis faite inséminer.

Viviane essuyait toujours la même assiette, sans se rendre compte qu'elle était sèche depuis déjà un moment. Elle était incrédule.

— Ben voyons, Maman.

— ...

— Pour vrai ?

— ...

— Papa... mon Papa — il le savait ?

— J'allais lui dire, un jour. Mais il est mort avant que... Il doit tout savoir, maintenant, puisqu'il est là-haut.

— Wow.

— Alors, pour Michel, tu comprends ?

Viviane scruta le visage inquiet et crispé de sa mère.

— Comprendre quoi ?

— Sa mère, pour l'avoir, elle aussi, c'était le donneur 76...

Pour un instant, le choc envahit son corps à un tel point que Viviane en eut le souffle, l'ouïe et la vue coupés. L'énormité de l'aveu de sa mère l'effondra par terre, l'assiette qu'elle tenait se fracassant contre le sol, faisant écho aux rêves et à l'amour qu'elle portait dans son cœur.

— Je suis tellement désolée, ma chérie...

Viviane repoussa l'embrassade de sa mère de toutes ses forces.

— Touche-moi pas !

Tout toucher lui semblait maintenant sale, corrompu.

Son père, pas son père, mais un homme cocu par une fiole de laboratoire. Sa mère, pas sa mère, mais une menteuse. Son amant, pas son amant, mais son frère !

Viviane court toujours. Elle ne cherche qu'à fuir. Les larmes coulent le large de ses joues et s'échappent dans la noirceur derrière elle. Viviane aussi souhaite s'échapper dans la noirceur. Se fondre, s'élancer dans un vide sans fin duquel on ne pourrait l'extirper. Son désarroi fait en sorte que la rivière l'interpelle.

Viviane est sur le trottoir longeant le pont Macdonald-Cartier. Elle retire ses chaussures. Elle se hisse sur la balustrade et s'y assoit un instant, les yeux plongés dans le courant sous elle. Elle imagine que le choc de l'eau froide contre sa peau ne serait pas aussi foudroyant que celui de la révélation que lui a faite sa mère.

Viviane n'entend pas le cri d'un passant à dix mètres d'elle, l'implorant de ne pas sauter.

Ne considère pas son ignorance des circonstances.

Ne se souvient pas de tous les beaux moments passés avec Michel.

Ne songe pas qu'il existe plus d'une clinique de fertilité au pays.

Viviane se laisse glisser vers la rivière et frappe les eaux avec fracas, ses os semblant absorber le choc glacial avant sa peau. Elle sombre dans la profondeur de l'eau comme elle sombre dans la profondeur de ses pensées récriminatrices.

Elle change d'idée trop tard. Viviane s'écrie et se rappelle son besoin d'oxygène. Elle agite les jambes et les bras, sans pouvoir s'orienter. Le néant qui devait expier la tache que Viviane sentait en son âme s'abat maintenant sur elle. Elle ressent une pression lugubre dans ses poumons et aspire.

NELLES

Top 10 :
1. Sens de l'humour (pas scatologique)
2. Sens économique (emploi bien rémunéré)
3. Sens de la famille (sans être trop près de sa mère)
4. Sens de l'aventure (capable de voyager)
5. En santé (sans être trop robuste)
6. Audacieux (ambitieux)
7. Entre 25 et 60 ans (c'est flexible)
8. Libéral / Néo-démocrate (de préférence)
9. Romantique (attentionné)
10. Aime les chats

Petite, Nelles avait décidé qu'un garçon acceptable devait partager avec elle ses jouets ou sauter à la corde avec elle. Adolescente, elle se contentait d'un hochement de tête en sa direction pour tomber éperdument amoureuse.

Ayant eu à soigner son cœur languissant plus d'une fois avant sa vingtaine, Nelles avait appris qu'il valait mieux se garder à l'écart des liaisons amoureuses de passage pour se concentrer sur ses études puis sur sa carrière.

À 34 ans, cependant, Nelles en avait assez d'être célibataire. Pourquoi ? Elle pensait que les fermetures éclair de ses robes remonteraient (et descendraient) plus vite aidées d'un coup de main masculin. Les larmes lui venaient aux yeux lorsqu'elle voyait un couple de septuagénaires main dans la main. Et les annonces publicitaires de Match.com / eHarmony / LavaLife la hantaient avec leurs histoires à succès.

Mais c'était l'histoire des Kelly Hildebrandt qui avait penché la bascule vers une recherche de l'âme-sœur en ligne. Ce couple d'Américains partageant le même nom s'était rencontré sur Facebook, puis en personne, et s'était marié à peine huit mois plus tard. Elle avait effectué une recherche semblable, mais évidemment ce n'était pas avec le nom Nelles Viau qu'elle répéterait l'histoire des Hildebrandt.

Bien qu'elle ne voulait paraître trop désespérée, Nelles se mit tout de même à remplir une panoplie de profils sur des sites de rencontre aussi variés les uns que les autres. Elle lança sa campagne en s'inscrivant à plusieurs sites et renoua avec Facebook. Elle se créa un profil doux et intime — photo d'elle avec son chat à l'appui ; un profil sportif à peine exagéré ; ainsi qu'un profil soulignant ses accomplissements professionnels, mais pas tous. Nelles craignait repousser des prétendants en paraissant trop compétente.

-— Un homme menacé par une femme de carrière n'est pas un homme comme il faut, remarqua son chat, Culbute.

— Voyons d'abord la récolte, se répondit-elle, ensuite on tranche.

C'était son profil sportif qui généra le plus d'intérêt. Peut-être était-ce la photo la plus osée — camisole sport — , peut-être était-ce qu'elle y révélait son amour du hockey.

Au fond, c'était insensé qu'elle ne se fût pas lancée plus tôt vers les rencontres en ligne, car Internet était son fidèle camarade depuis plus de 10 ans, depuis qu'elle avait découvert les mérites de Google. Le moteur de recherche par excellence avait servi lors des rédactions de ses travaux de fin de session de son bac en commerce, lors de la recherche de son premier appartement et lorsqu'elle en avait eu assez d'être vierge, à 24 ans, et avait décidé de s'éduquer sur l'art de la fellation avant de succomber au premier venu lors d'une sortie. Lorsque l'amant d'une nuit lui avait indiqué que cela avait été extraordinaire, elle avait mentalement remercié Google.

Autre découverte Google : comment jouer au poker. Nelles s'était éprise d'un groupe d'amis à qui elle avait menti en exagérant ses habiletés. Elle avait donc fait un apprentissage intensif en ligne une semaine avant leur partie, et même si elle y avait laissé sa peau — lui valant immédiatement une invitation à la partie subséquente — elle s'était invariablement amusée. Bientôt éprise du jeu plutôt que de ses partenaires, Nelles s'était mise à jouer en ligne. Elle perdait plus qu'elle ne gagnait, mais elle y prenait un malin plaisir, malgré les reproches que lui faisait Culbute.

— Tu as mieux à faire que de perdre ton temps et ton argent sur rencontrespoker.net.

— Ah bon ? Je devrais faire quoi, à la place ?

— Voyager, peut-être, qu'en sais-je. Je ne suis qu'un chat…

Quatre ans plus tôt, Nelles s'était procuré un chien — ça lui serait un compagnon loyal et une excuse régulière pour se rendre aux parcs des environs afin d'y rencontrer d'autres propriétaires, préférablement célibataires. Il ne lui fallut que deux semaines, cependant, pour se rendre compte qu'il lui fallait un animal de compagnie mieux assorti. C'était en ramenant le pauvre chien à la Société protectrice des animaux qu'elle s'éprit non seulement du bénévole en service ce soir-là, mais aussi de Culbute, un matou orangé et dodu.

Culbute laissait des traces partout et pas seulement ses poils, sans doute la raison pour laquelle il s'était retrouvé abandonné. Nelles, cependant, le traitait en roi et lui pardonnait maintes bévues. Elle lui racontait sa journée, lui préparait des ragoûts et passait soirées et fins de semaine à le dorloter. Un homme serait chanceux d'être à la place du matou. Culbute le lui disait tout le temps.

Or, Nelles avait quelque peu délaissé Culbute lors de sa campagne de conquête de la gent masculine. C'était pourquoi le chat avait commencé à critiquer ses méthodes. Elle avait passé des heures à suivre les conseils de l'animal, à peaufiner ses profils.

Plus récemment, on lui avait déniché Élias sur eHarmony. Le système lui envoyait en moyenne six profils compatibles par jour et elle avait entretenu divers niveaux de communication avec la plupart d'entre eux, sans toutefois décider d'en rencontrer un en personne. Du moins, pas avant Élias, un comptable d'un certain âge, ni beau ni laid, dont la grande aventure était de rendre visite à sa mère en Israël une fois par année. Il ne disait pas aimer les animaux, mais affirmait ne pas être allergique, alors c'était prometteur. De plus, leurs signes astrologiques s'agençaient et, point boni, le sobriquet de couple « Nellias » convenait parfaitement aux idées romantiques de Nelles.

Nelles allait donc rencontrer Élias après le travail, pour un verre. Elle savait qu'il valait mieux fixer un rendez-vous rapide — un verre, un dessert — que de risquer le long tête-à-tête d'un repas.

Mais à mesure que l'après-midi avançait, Nelles avait de moins en moins envie de sortir. Ses scénarios imaginés l'agitaient. Que ferait-elle si le tout ne se déroulait pas comme prévu ? Elle avait été déçue tant de fois auparavant. C'était plus sûr de préférer pour sa soirée l'idée de se blottir contre Culbute à regarder *You've Got Mail* plutôt que d'être poussée contre un inconnu dans une foule du *happy hour*. Nelles entendait déjà les reproches de Culbute.

— Voyons, la vieille, tu préfères *troller* les sites de rencontre à rencontrer les *trolls* en personne ? N'importe quoi.

Elle soupçonnait, par contre, que Culbute serait bien content de se laisser gratter le menton, et de l'assurer par son ronronnement de l'excellence de son choix. De toute façon, si Élias tenait à elle, il la poursuivrait un peu. Vraiment, c'était pour le bon de leur couple potentiel qu'elle décidait de lui poser un lapin. Nellias pouvait attendre.

La journée de travail terminée, Nelles s'arrêta à la régie des alcools et sélectionna une bouteille de pinot grigio — pourquoi irait-on à un cinq à sept lorsqu'on peut facilement en créer un chez soi ? Elle avait une belle soirée en perspective. Casserole au bœuf pour elle et Culbute, vin et film romantique à la chandelle et, lorsque son chat serait bien endormi sur le divan, elle en profiterait pour renouer avec son profil poker en ligne. Rien de mieux. Elle se remettrait aux profils amoureux une autre fois.

Nelles *a d'abord paru
dans la 63e édition de la revue* Virages.

À L'AIR

Si tu aimes le soleil, tape des mains !

Hectorine tapa des mains sans y penser ; la chansonnette lui trottait dans la tête depuis son réveil. Il faisait un temps superbe et les rayons du soleil envahissaient son appartement. « Faudrait en profiter pour aller dehors », se dit-elle à haute voix, comme elle en avait l'habitude depuis sa jeunesse. « Faudrait aussi finir de lire le Danielle Steel avant de le ramener à la bibliothèque demain. »

Agathe, sa voisine, lui avait recommandé de lire les romans de Danielle Steel — sans pour autant lui prêter l'un de ses précieux exemplaires. N'ayant ni l'envie ni les moyens de s'engager dans l'achat de livres jusqu'alors inconnus, Hectorine choisit donc d'en emprunter de la bibliothèque.

Pour une fois, Agathe avait raison : entre Hectorine et les livres de Danielle, c'était le coup de foudre. Hectorine, qui n'avait pas de famille sauf sa sœur et son neveu, aimait particulièrement les histoires de femmes indépendantes et de grandes familles devant affronter des défis de toutes sortes avant de retrouver la paix. Encore une fois, Hectorine exulta d'être à la retraite et libre de lire à sa guise plutôt que de passer ses journées à insérer des données, à opérer une caisse enregistreuse ou à se languir dans un centre d'appels.

Elle décida donc d'aller terminer la lecture de son roman sur le balcon, où le soleil plombait. Attrapant le roman d'une main et sa casquette de l'autre, Hectorine se dirigea vers sa porte-patio. *Si tu aimes le soleil, le printemps qui se réveille...* Elle allait mettre le pied dehors lorsqu'elle remarqua son choix de signet : une facture de carte de crédit blottie parmi les cent dernières pages du livre. Un nuage obscurcit le soleil et Hectorine soupira. Au moins, cette facture était payée, et elle incluait les épiceries du mois. Mais cela voulait dire qu'Hectorine n'avait pas les fonds nécessaires pour payer son loyer et elle avait déjà trois mois de retard. Trois mois pendant lesquels elle était à peine sortie de son logis, de peur d'y revenir pour y trouver les serrures changées…

Elle avait oublié qu'on était au début du mois et que Patrick, le gérant de l'immeuble, allait passer cette semaine pour la collecte des loyers. Elle aimait bien Patrick — il lui rappelait son neveu à cet âge — , mais elle avait honte d'avoir à lui répéter qu'elle n'avait toujours pas l'argent qu'elle lui devait. Bientôt, il ne pourrait plus le cacher à son employeur et le propriétaire le forcerait à l'expulser de chez elle.

La facture en guise de signet lui rappelait qu'elle devait trouver une solution à ses problèmes financiers, et vite. Elle avait emprunté de l'argent à sa sœur dans le passé — et l'avait remboursée — , mais elle n'osait pas le lui demander à nouveau ; Hortensine lui poserait trop de questions. C'était son habitude de sœur aînée. « Pourquoi avoir pris ta retraite,

Hectorine, si tu n'as pas d'économies ? Comment as-tu fait pour travailler pendant toute ta vie sans contribuer à des RÉER ? Et l'héritage de Papa, où est-ce que tu l'as flambé ? »

À vrai dire, Hectorine n'avait pas de réponses à ces questions. Enfin, aucune qu'elle ne voudrait partager avec Hortensine. Elle avait célébré sa retraite quelques années plus tôt en s'envolant vers des contrées lointaines qu'elle avait toujours souhaité visiter dans sa jeunesse, sans aucune modération. Elle avait placé la plupart de ses économies à la bourse, où elle avait cru pouvoir se faire du fric facile, mais ses actions avaient rapidement perdu de la valeur et elle n'osait pas vendre à perte. Ses quelques RÉER s'étaient asséchés et la pension fédérale ne couvrait pas toutes ses dépenses. Hectorine redoutait avoir à retourner au travail à soixante-sept ans, mais cela semblait être la seule solution. Elle ne voulait pas y penser.

Le nuage continua son chemin et le soleil éclata de nouveau, berçant Hectorine de chaleur et de lumière. Elle se sentit aussitôt ragaillardie. Elle plaça sa casquette sur sa tête, aplatissant ses cheveux teints blonds, et s'installa dans sa chaise longue, où elle s'empressa de plonger dans l'intrigue de Danielle Steel. Elle n'en émergea qu'une fois avoir terminé sa lecture.

Hectorine avait très chaud lorsqu'elle ferma le livre, dans un soupir satisfait. Le soleil tapait dur et il n'y avait pas de brise pour alléger le sentiment de lourdeur qui l'engourdissait. Plutôt que de prendre la peine de se lever et de se réfugier à l'intérieur où il ferait un peu plus frais, Hectorine choisit de déboutonner sa blouse. Après tout, elle était chez elle, sur son propre balcon ! Elle n'était donc pas gênée de continuer sa détente le soutien-gorge exposé. Puis, une fois la blouse ouverte, Hectorine décida de ne pas s'arrêter là et l'ôta complètement. Hardie, et ayant toujours bien chaud, elle décida ensuite qu'elle serait encore plus à l'aise si elle se dénudait le torse en entier. Elle jeta un coup d'œil à gauche, à droite et en bas ; aucun de ses voisins n'était à son balcon et il n'y avait personne au jardin situé au pied de l'immeuble. Elle se sentait libre de continuer à se dorer seins nus au soleil. Hectorine détacha son soutien-gorge et le plaça sur sa blouse à côté de la chaise longue.

Les rayons du soleil lui caressaient la peau et Hectorine avait l'impression de se faire lécher de toutes parts par une langue fourchue de dragon. Elle se sentait très sexy, les seins à l'air.

Elle rêvassait ainsi, sans porter attention au fait qu'elle ne s'était pas couverte d'écran solaire, lorsqu'on sonna à la porte. Hectorine se leva en sursaut, persuadée que c'était Agathe qui l'avait aperçue torse nu et qui était venue se plaindre de son indécence. Elle attrapa au passage sa blouse qu'elle s'empressa d'enfiler et se précipita vers l'entrée. Ce n'est qu'une fois arrivée au seuil de la porte qu'Hectorine se souvint de la date. Elle vérifia l'identité du visiteur par le judas et c'était, comme elle le redoutait, Patrick, venu collecter l'argent du loyer.

Elle hésita une seconde, puis, sans boutonner sa blouse, ouvrit grand la porte. Elle afficha son plus grand sourire et, exactement comme les héroïnes *steeliennes* qu'elle admirait tant, Hectorine, libre de toute contrainte et affichant fièrement sa féminité, s'exclama :

— Patrick ! Je t'attendais !

Et elle fondit sur le jeune homme, l'enlaçant, écrasant sa poitrine contre la sienne et l'embrassant en plein sur la bouche.

Terrifié, Patrick s'extirpa tant bien que mal des caresses d'Hectorine et, sans lui demander son dû — les quatre mois de loyer qu'elle lui devait — , s'enfuit vers l'escalier de secours pour le dévaler à toute vitesse et se protéger dans sa voiture.

Demeurée seule au seuil de sa porte, sourire en coin, Hectorine était fière de son coup. Cela ne la libérerait pas de ses obligations, mais elle avait l'impression qu'elle venait de gagner un mois de répit pour le loyer, puisque Patrick serait trop gêné pour revenir plus tôt. Il lui faudrait faire bon usage de ce temps. Tant pis pour la retraite aisée, ce n'était pas dans les cartes. Hectorine se presserait de trouver un ouvrage qui lui permettrait de couvrir ses dépenses tout en s'assurant de se garder juste assez de temps libre pour sa lecture... et pour explorer le naturisme.

En refermant la porte, Hectorine s'entendit fredonner : *Si tu aimes le soleil, le printemps qui se réveille. Si tu aimes le soleil…* Elle allait taper des mains, fidèle à son habitude, puis se ravisa. *Si tu aimes le soleil… Montre tes seins !*

Hectorine se secoua la poitrine comme elle s'imaginait les strip-teaseuses le faire et éclata de rire. Elle passa par sa chambre s'enduire d'écran solaire avant de retourner au balcon pour continuer son bronzage.

À l'air *a d'abord paru
dans la 56e édition de la revue* Virages.

Photo par Danielle Maheu

A.M. Matte a publié pour la première fois à l'âge de onze ans et a recueilli depuis plusieurs prix d'écriture. Elle est notamment lauréate du Concours national de composition Mathieu da Costa et du Prix O'Neill-Karch. A.M. Matte écrit en français et en anglais et ses nouvelles ont été publiées dans le recueil de science-fiction *North of Infinity II* et dans la revue littéraire *Virages*. Ses pièces de théâtre ont été montées, entre autres, à Ottawa, North Bay, Moncton et Toronto. A.M. Matte est détentrice d'un baccalauréat en journalisme et d'une maîtrise en communications. Elle habite Toronto avec son mari et son fils.

www.ammatte.ca